AF459785

5 Décembre 1889.

P

VENTE DU JEUDI 5 DÉCEMBRE 1889

HOTEL DROUOT, SALLE N° 3

COLLECTION

DE

BELLES PORCELAINES

de Sèvres, de Saxe

de Chine, du Japon et autres

QUELQUES FAIENCES

EXPOSITION PUBLIQUE

Le Mercredi 4 Décembre 1889

COMMISSAIRE-PRISEUR	EXPERT
Me PAUL CHEVALLIER	M. CHARLES MANNHEIM
10, rue Grange-Batelière, 10	7, rue Saint-Georges, 7.

CATALOGUE

DE BELLES ET ANCIENNES

PORCELAINES DE SÈVRES

PATE TENDRE

CABARETS, JARDINIÈRES, TASSES, ETC.

Jolie Pendule, Candélabre, Groupes

en porcelaine de Saxe et autres

Porcelaines tendres de Mennecy, Chantilly, Saint-Cloud, etc.

Deux belles Potiches, Vases, etc.

en ancienne porcelaine de la Chine et du Japon

Faïences de Perse, de Delft, etc. — Quelques Faïences françaises

DONT LA VENTE AURA LIEU

HOTEL DROUOT, SALLE N° 3

Le Jeudi 5 Décembre 1889

à 2 heures

Mᵉ PAUL CHEVALLIER	M. CHARLES MANNHEIM
COMMISSAIRE-PRISEUR	EXPERT
10, rue de la Grange-Batelière, 10	7, rue Saint-Georges, 7

EXPOSITION PUBLIQUE

Le Mercredi 4 Décembre 1889, de 1 heure à 5 heures.

CONDITIONS DE LA VENTE

Elle sera faite au comptant.

Les acquéreurs payeront, en sus des adjudications, *cinq pour cent* applicables aux frais.

L'Exposition mettant le public à même de se rendre compte de l'état des objets, il ne sera admis aucune réclamation une fois l'adjudication prononcée.

Paris. — Imp. de l'Art, E. MÉNARD ET Cie, 41, rue de la Victoire.

Désignation des Objets

PORCELAINES DE SÈVRES

1 — Joli déjeuner en ancienne porcelaine de Sèvres, pâte tendre, fond vert pomme, à médaillons de fleurs polychromes et riches décors d'or. Il se compose d'une tasse avec soucoupe, une théière, un pot à lait, un sucrier, un flacon à thé et un très joli plateau à contours et à deux anses. Lettre G (1759).

2 — Déjeuner solitaire en porcelaine tendre, fond rose, à médaillons de paysages polychromes et encadrements en dorure. Il se compose d'un plateau oblong, une petite théière ovoïde et une tasse avec soucoupe.

3 — Petite tasse de forme arrondie avec soucoupe, en ancienne porcelaine de Sèvres, pâte tendre, à bandes rosées, quadrillées rehaussées de feuillages dorés et entredeux à raies blancs et or.

4 — Petite écuelle à deux anses et à couvercle surmonté d'un fruit doré, en ancienne porcelaine de Sèvres, pâte tendre, à médaillons de paysages polychromes et zones d'ornements et de bandes concentriques rehaussés de dorure.

5 — Six grandes et belles tasses de forme arrondie, avec soucoupes, en ancienne porcelaine de Sèvres, pâte tendre, fond bleu turquoise, à médaillons oiseaux dans des paysages, et décor polychrome et riches encadrements de fleurs et d'ornements en dorure. Lettre H (1760).

6 — Petite écuelle ronde à deux anses, avec couvercle et plateau, en ancienne porcelaine de Sèvres, pâte tendre, décorée de festons de fleurs, de hachures et de pointillé en camaïeu bleu. Lettre P (1767).

7 — Écuelle de même forme et de même qualité que celle qui précède. Celle-ci est décorée de quadrillages dont les intervalles forment des losanges mi-partie émaillée bleu et mi-partie relevée en blanc. Dans les entredeux, bouquets de roses et oiseaux dans des paysages en décor polychrome. Lettre I (1761).

8 — Deux grandes et belles tasses de forme arrondie à une anse ornée, avec soucoupe, en ancienne porcelaine de Sèvres, pâte tendre, fond bleu de Vincennes, et médaillons, oiseaux voltigeant, polychromes encadrés de fleurs et de feuillages dorés. Lettre B (1754).

9 — Sucrier de forme arrondie, en ancienne porcelaine de Sèvres, pâte tendre, fond vert pomme, à médaillons de fleurs polychromes encadrés d'ornements et de fleurs dorés. Le bouton du couvercle est formé d'une fleur en ronde bosse et dorée.

10 — Sucrier de même forme que celui qui précède mais plus petit, en ancienne porcelaine de Sèvres, pâte tendre, fond vert pomme et médaillons polychromes : enfants, dans le goût de Boucher, dans des paysages encadrés d'ornements dorés. Les réserves du couvercle, dont le bouton est formé d'une fleur, présentent des attributs divers dans des paysages.

11 — Tasse à deux anses avec couvercle et soucoupe, en ancienne porcelaine de Sèvres, pâte tendre, décorée de couronne d'entrelacs rosés et or, et

de petits médaillons de paysages polychromes. Lettres ɔɔ (1779)

12 — Petit seau en porcelaine tendre de Sèvres, à fond vert quadrillé et pointillé d'or, et à réserves de formes irrégulières contenant des bouquets de fleurs polychromes.

13 — Trois plaques en biscuit de Sèvres, à figures blanches sur fond bleu. L'une, ovale, représente Hercule étouffant le lion de Némée; l'autre, octogone, allongée en hauteur, une nymphe portant une corbeille de fleurs.

14 — Deux jolis seaux lobés à bords festonnés, en ancienne porcelaine de Sèvres, pâte tendre, décorée de jetés de fleurs polychromes, filets bleus et filets dorés, avec deux motifs rocaille latéraux formant oreilles. Lettre F (1758).

15 — Deux salières oblongues à deux compartiments lobés, en ancienne porcelaine de Sèvres, pâte tendre, décorée de jetés de fleurs, filets bleus et filets dorés. Sous l'une d'elles, lettre H (1760).

16 — Cabaret solitaire en ancienne porcelaine de

Sèvres, pâte tendre, composé d'un plateau oblong à bords contournés et anses rocaille, un sucrier cylindrique légèrement évasé, à couvercle; une théière sphérique couverte, à anse; un pot à lait piriforme, une tasse cul-de-poule à anse et une soucoupe à bords évasés; décoré sur un fond vert de réserves ovales et contournées, à bouquets de fleurs avec encadrements rocaille, guirlandes, filets et rehauts dorés. Sous le pot à lait, lettre E (1757); sous le plateau et la soucoupe, lettre T (1772).

17 — Sucrier cylindrique légèrement évasé, à couvercle, en ancienne porcelaine de Sèvres, pâte tendre, à fond bleu turquoise, décoré de deux réserves ovales d'oiseaux dans des paysages; sur le couvercle, fleurette en ronde bosse et guirlande de roses dans une réserve entourée d'une bande bleu turquoise; guirlandes et filets dorés. Lettre K (1763).

18 — Quatre tasses cylindriques à anses et leurs soucoupes, en ancienne porcelaine de Sèvres, pâte tendre, à décor de jetés de fleurs en camaïeu vert et dents de loup et filets dorés. Lettre O (1767).

19 — Sucrier cylindrique couvert de mêmes porcelaine et décor que le numéro précédent, avec fleurette en ronde bosse sur le couvercle. Lettre O (1767).

20 — Tasse cylindrique à anse et sa soucoupe en ancienne porcelaine de Sèvres, pâte dure, à décor polychrome sur fonds or et réservé de papillons, jetés et guirlandes de fleurs dans des médaillons lobés et bandes ondulées. Lettre Z (1777) et couronne.

21 — Écuelle ronde à deux anses et couvercle, accompagnée de son plateau rond à deux anses, en ancienne porcelaine de Sèvres, pâte dure, décorée ainsi que le plateau sur fond vert tendre de paysages et personnages chinois en or et couleurs ; sur le couvercle, bouton de rose en ronde bosse et dorure. Lettre X (1775) et couronne.

22 — Quatre tasses cylindriques à anses et leurs soucoupes, en ancienne porcelaine de Sèvres, pâte tendre, à décor polychrome de jetés de fleurs avec filets bleus, dents de loup et rehauts dorés. Lettres II (1786), BB (1779), et HH (1785).

23 — Tasse cul-de-poule à anses et sa soucoupe, en ancienne porcelaine de Sèvres, pâte tendre, décorée sur fond bleu turquoise, ainsi que sa soucoupe, d'une réserve contenant un amour polychrome sur des nuages et encadrée de motifs rocaille dorés. Lettre B (1754).

24 — Plateau en forme de bateau en ancienne porcelaine de Vincennes, à décor polychrome de bouquets, jetés de fleurs et insectes avec filets d'or ; marque au point.

25 — Présentoir à cinq lobes en ancienne porcelaine de Sèvres, pâte tendre, décoré en couleurs d'une couronne de fleurs et bouquets.

26 — Grand présentoir à bordure festonnée à décor polychrome de bouquets et jetés de fleurs. Lettre L (1764).

27 — Assiette creuse à bordure festonnée, décorée en couleurs de bouquets et jetés de fleurs. Lettres CC (1780).

28 — Soucoupe décorée en couleurs de bouquets de fleurs à bordure bleue et or.

29 — Solitaire composé d'un plateau ovale, d'un sucrier et couvercle, et d'une tasse à anse avec sa soucoupe, en ancienne porcelaine de Sèvres, pâte tendre, décoré sur fond vert de bandes striées gros bleu à œils de perdrix avec engrelures d'or. Lettre F (1761).

30 — Tasse à anse et soucoupe décorées de bouquets et jetés de fleurs en couleurs, avec filets d'or. Lettres HH (1785).

31 — Tasse cylindrique à anse, décorée en couleurs d'un médaillon d'amour; la soucoupe porte au centre un carquois dans des nuages sur fond bleu. Lettres DD (1781).

PORCELAINES DE SAXE

32 — Jolie pendule en ancienne porcelaine de Saxe, modèle rocaille, enrichie de figures du Temps, d'une nymphe et d'un amour; le tout en décor polychrome.

33 — Candélabre à cinq branches rocaille porte-lumières, en ancienne porcelaine de Saxe, sur

socle à ornements contournés, enrichi d'une figure de Minerve assise; le tout à décor polychrome. Les douilles et les bassins sont en bronze doré.

34 — Belle statuette de bergère en ancienne porcelaine de Saxe, à décor polychrome.

35 — Statuette d'Arlequin portant un chien, en ancienne porcelaine de Saxe. Belle qualité.

36 — Joli groupe en ancienne porcelaine de Saxe, composé de quatre figures : allégorie de l'hymen. Décor polychrome.

37 — Autre joli groupe en ancienne porcelaine de Saxe, composé de deux figures, d'un arbuste et d'un perroquet : les Cerises. Décor polychrome.

38 — Beau groupe en ancienne porcelaine de Saxe, à décor polychrome et représentant Énée portant son père Anchise et accompagné de son fils Ascagne qui porte les Dieux lares.

39 — Statuette de mineur debout accompagné d'un petit chien, sur socle oblong à pans, en porcelaine de Saxe à décor polychrome.

40 — Petite statuette de jardinière en ancienne porcelaine de Saxe. Elle tient un arrosoir de ses deux mains.

41 — Petit groupe de deux figures en vieux Saxe, représentant l'Europe.

42 — Deux petites statuettes : Enfant portant un chevreau et autre tenant une cafetière.

43 — Corbeille ovale, à deux anses reliées à la pièce à l'aide de fleurs en relief. Elle est décorée d'un bouquet de fleurs à l'intérieur.

44 — Tasse et soucoupe décorées, en couleurs et en or, de personnages chinois ; le tout entre des arbustes.

45 — Plateau oblong à bords contournés, décoré en couleurs de trois paysages animés et motifs rocaille en relief.

46 — Tasse à anse et soucoupe en ancienne porcelaine de Saxe, décorée en couleurs de personnages champêtres dans des paysages.

47 — Petit pot à pommade décoré de bouquets de fleurs en couleurs.

48 — Tasse haute sans anse et sa soucoupe décorée, en couleurs et or dans le goût japonais, de terrasses, branchages et oiseaux.

49 — Présentoir et soucoupe de même décor que les précédentes.

PORCELAINES DE MENNECY

50 — Tasse cylindrique évasée à anse avec sa soucoupe, en ancienne porcelaine de Mennecy, à décor polychrome de bouquets de fleurs.

51 — Petit pot à lait à anse et couvercle, en ancienne porcelaine de Mennecy, décorée en couleurs de bouquets de fleurs.

52 — Petit cuillère à moutarde décorée en couleurs de branches fleuries.

53 — Jolie petite corbeille ovale à parois ajourées, en ancienne porcelaine de Mennecy, décorée en couleurs au fond d'un bouquet de feuillages et fruits avec oiseaux.

54 — Socle quadrangulaire à angles coupés, en ancienne porcelaine de Mennecy, à décor polychrome de bouquets de fleurs.

55 — Joli pot-pourri formé d'un vase ovoïde posé sur une terrasse auprès d'un arbre, décoré en couleurs de bouquets de fleurs.

56 — Statuette de joueur de tambour, debout, décorée au naturel.

57 — Tasse obconique à anse et sa soucoupe, décorées en couleurs de scènes galantes.

PORCELAINES DE CHANTILLY

58 — Vase ovoïde à col renflé et rétréci au sommet, avec anses formées de branchages en relief, décoré en couleurs de bouquets de fleurs.

59 — Bouteille cylindrique à goulot, décorée en couleurs de cinq personnages chinois.

60 — Vase pot-pourri à culot godronné et couvercle ajouré, décoré en couleurs de personnages chi-

nois, branchages et quadrillages et, sur le couvercle, de fleurs et fruits en ronde bosse.

61 — Coquetier décoré en couleurs de paysages et insectes dans le goût chinois.

62 — Deux bols de dimensions différentes, à bordure évasée à pans, en ancienne porcelaine de Chantilly, décor polychrome à la haie et à l'écureuil.

63 — Jolie salière à pans, à trois compartiments et bordure godronnée, décorée en couleurs de branches fleuries et oiseaux.

64 — Deux cuillères à sucre, en ancienne porcelaine blanche de Chantilly, à motifs rocaille en relief, dont l'une rehaussée de bleu.

65 — Petite cuillère à moutarde rehaussée de bleu.

PORCELAINES DE SAINT-CLOUD

66 — Tasse côtelée à anse et son présentoir, en ancienne porcelaine de Saint-Cloud, décorée en camaïeu bleu de lambrequins ; marque de Trou.

67 — Tasse de forme évasée et son présentoir, décorée en camaïeu bleu de lambrequins et pendentifs ; marque au Soleil.

68 — Petite aiguière à culot côtelé, avec anse et couvercle, décorée en camaïeu bleu d'une bordure de dentelle.

69 — Deux coquetiers décorés de lambrequins en bleu.

70 — Cinq pièces : deux pommes de canne et trois couvercles à décor de lambrequins en bleu.

71 — Présentoir à bordure festonnée, en ancienne porcelaine de Saint-Cloud polychrome ; décor à la haie.

72 — Petite salière rectangulaire à pans coupés, décorée en camaïeu bleu de dentelle et cul-de-lampe.

PORCELAINES DE VENISE

73 — Deux plats ronds en ancienne porcelaine de Venise, décorés en couleurs de bouquets et jetés de fleurs, avec bordure de dentelle en carmin.

74 — Trois assiettes à bordure festonnée, décorées en couleurs avec rehauts d'or chacune, au centre, d'un personnage chinois et, au marli, de coquilles et rinceaux.

75 — Tasse cylindrique évasée, portant un blason de cardinal en couleurs avec jetés de fleurs et insectes.

76 — Autre tasse basse, de mêmes décor et blason.

77 — Plateau lobé à bords relevés et dentelés, décoré en couleurs de rosaces, entrelacs et palmettes dans le goût chinois.

78 — Tasse haute à deux anses, décorée en couleurs et or de deux compartiments de paysages animés ; marque à la lettre V.

79 — Tasse haute sans anse, à décor de branchages en camaïeu bleu, marquée : Ven[a] , et soucoupe décorée de branchages bleu foncé.

80 — Figurine de villageoise debout, tenant un chou et décorée au naturel.

81 — Soucoupe décorée en camaïeu bleu de personnages chinois et de branchages. Marque en bleu : Ven^{a}.

82 — Soucoupe décorée en couleurs de deux couronnes de branchages concentriques séparées par une autre couronne blanche en relief, à personnages chinois. Marque en rouge : Ven^{a}.

83 — Figurine de paysanne debout, portant un agneau, décorée au naturel.

84 — Deux petits vases piriformes à six pans, à décor de quadrillages et motifs rocaille en relief.

PORCELAINES DIVERSES

85 — Tête-à-tête en porcelaine de Vienne, décoré de médaillons à sujets mythologiques et autres, de frises à cariatides et rinceaux en couleurs sur fond d'or, et encadrés d'ornements dorés. Il se compose d'un plateau oblong et à pans, avec galerie découpée à jour, de deux tasses avec soucoupes et de trois grandes pièces : théière, sucrier et pot à lait.

86 — Douze assiettes en ancienne porcelaine de Furstenberg, à marlis ajourés, et décorées de fleurs en camaïeu bleu.

87 — Tasse de forme arrondie avec soucoupe, de même porcelaine, décorées, au pourtour extérieur, de festons de fleurs polychromes en haut-relief. La soucoupe présente, à son centre, un sujet champêtre à trois personnages dans un paysage, dans le goût de Watteau.

88 — Tasse sans anse avec soucoupe, en porcelaine de Ginori, imitation de Capo di Monte, à décor polychrome en relief. Sur la tasse, personnages dans un paysage ; sur la soucoupe, ornements et festons de fleurs.

89 — Trois pièces en biscuit de Wedgwood, à ornements et jeux d'amours dans des paysages réservés en blanc sur fond bleu : théière, pot à lait et sucrier.

90 — Théière de même qualité, sans couvercle, à figures blanches sur fond bleu.

91 — Tasse cylindrique avec soucoupe, en porce-

laine dure à fond doré, et bandes de coquillages se détachant en couleurs sur fond brun.

92 — Tasse cylindrique avec soucoupe, en porcelaine tendre à fond gros bleu rehaussé d'émaux en relief et de dorure imitant des pièces précieuses, et à trois médaillons sur la tasse, représentant Louis XVI, Marie-Antoinette et Mme de Montesson. Au fond de la soucoupe, les armes de France.

93 — Sucrier couvert avec soucoupe, en porcelaine tendre fond gros bleu, à médaillons d'oiseaux encadrés et dorure.

94 — Petit chien debout en porcelaine, tacheté de noir.

95 — Verrière à deux anses, en porcelaine tendre fond gros bleu, et médaillons, jeux d'amours et attributs, en camaïeu rose, encadrés de dorure.

96 — Petit vase à panse ovoïde et à deux anses perlées, en porcelaine fond rose rehaussée de dorure, et à médaillons ovales, représentant, en décor polychrome, l'un des jeux d'amours,

l'autre un bouquet de fleurs et de fruits. Le couvercle a la forme d'une couronne.

97 — Vase en porcelaine dure, décoré de médaillons, jeux d'amours polychromes, et offrant, au pourtour de sa panse, des têtes d'animaux en ronde bosse.

98 — Cache-pot légèrement évasé, en ancienne porcelaine de Hœchst, décoré en couleurs de bouquets et jetés de fleurs, avec anses en relief et à jour.

99 — Bougeoir à anse, décoré en couleurs de paysages et de motifs rocaille en relief carmin et or. Même porcelaine.

100 — Petit groupe en ancienne porcelaine de Louisbourg : Pierrot et Colombine debout, décorés au naturel.

101 — Deux assiettes en ancienne porcelaine de Tournai, décorées, au fond, chacune d'un groupe de deux amours en camaïeu rose, et, sur le marli, d'une bordure bleue à lambrequins d'or.

102 — Soucoupe décorée en couleurs d'oiseaux sur des branchages. Marque à la tour d'or. Même porcelaine (?).

103 — Salière à trois compartiments et à anse rubannée, en ancienne porcelaine de Boissette, décorée en couleurs de bouquets de fleurs. Marque : B.

104 — Tasse évasée en ancienne porcelaine d'Orléans, à décor de bouquets en bleu. Marque au Lambel.

105 — Pot à crème couvert à anse, en ancienne porcelaine de Marseille, décorée en couleurs de bouquets de fleurs. Marque : J. R. (Robert).

106 — Hanap cylindrique à anse, en ancienne porcelaine de Chelsea-Derby, décorée de bouquets et jetés de fleurs en couleurs. Marque au D et à l'ancre.

107 — Beurrier cylindrique à couvercle, en ancienne porcelaine d'Alcora, à décor polychrome de fleurs. Marque à l'A en noir.

108 — Assiette à bords festonnés, en ancienne porcelaine de Paris, décorée en couleurs de bouquets de fleurs. Marquée d'un B couronné.

109 — Support de vase formé de deux amours en bronze doré, sur une terrasse de porcelaine tendre, à fond bleu caillouté d'or et à réserves de fleurs.

110 — Statuette d'enfant couché en terre cuite.

111 — Lot composé de cinq couvercles en porcelaine de Mennecy, Saxe et Sèvres, et de trois fragments de faïence de Moustiers et de Narbonne à reflets métalliques.

PORCELAINES DE CHINE ET DU JAPON

112 — Deux belles potiches en ancienne porcelaine de Chine, décorées en émaux de la famille verte de sujets familiers dans des paysages, d'ornements et de fleurs. Belle qualité.

113 — Six assiettes en ancienne porcelaine de Chine, à décors variés.

114 — Bouteille piriforme à pans et goulot évasé à renflement médian, en ancienne porcelaine du

Japon, décorée en bleu rehaussé de couleurs et or d'arbustes, branches fleuries et oiseaux.

115 — Quatre chandeliers à tige, balustre, douille et base à pans, en ancienne porcelaine du Japon, à décor polychrome et or de haies fleuries, fleurettes, palmettes et lambrequins.

116 — Deux salières à huit pans, en ancienne porcelaine du Japon, à décor en camaïeu bleu rehaussé de vert, rouge et or, d'arbustes, fleurs, oiseaux et quadrillages.

117 — Deux plateaux oblongs à huit pans, en ancienne porcelaine du Japon, décorée, en camaïeu bleu rehaussé de couleurs et or, d'arbres, haies fleuries, fleurs et oiseaux avec quadrillage bleu à la chute.

118 — Plateau de mêmes porcelaine et décor que les précédents, mais plus petit.

119 — Grand légumier couvert oblong, à pans coupés, en ancienne porcelaine du Japon, décorée, en camaïeu rehaussé d'or et de couleurs, de haies fleuries, arbres, fleurs et oiseaux, avec animaux

en ronde bosse comme bouton de couvercle et anses.

120 — Compotier godronné en ancienne porcelaine de Chine, décorée en couleurs, au centre, d'une rosace entourée de bouquets et de quatre compartiments de paysage.

121 — Compotier en ancienne porcelaine de Chine, famille rose, gravée sous couverte et décorée en couleurs et en or de branches fleuries.

122 — Deux seaux et leurs plateaux en ancienne porcelaine de Chine craquelée à fond chamois.

123 — Deux cornets en ancienne porcelaine de Chine, famille rose, décorée de bouquets de fleurs.

124 — Vase cylindrique évasé à couvercle, en ancienne porcelaine du Japon décorée en camaïeu bleu, de branchages, rinceaux et rosace sur le couvercle ; monture en cuivre.

125 — Assiette en ancienne porcelaine du Japon, à décor de branchages bleus, rouges et or.

126 — Deux vases minuscules décorés en bleu.

FAIENCES

127 — Compotier en ancienne faïence de Perse, décorée en camaïeu bleu d'une rosace centrale entourée d'une couronne de fleurettes et d'une bordure de palmettes.

128 — Bol sphérique à côtes et à anse, en ancienne faïence de Perse, décoré de motifs en noir sur fond bleu turquoise.

129 — Deux petites tasses, de décor analogue, sur présentoirs de cuivre doré. Même faïence.

130 — Petite buire à bec et à anse, en ancienne faïence de Perse, à décor polychrome de palmettes.

131 — Tasse cylindrique évasée et sa soucoupe, en ancienne faïence de Perse, décorée de palmettes polychromes.

132 — Tasse basse évasée et sa soucoupe, en ancienne faïence de Perse, décorée en couleurs de lambrequins et palmettes.

133 — Plat creux en ancienne faïence de Rhodes, décoré en couleurs d'entrelacs sur fond vert émeraude, avec compartiments vermiculés au marli.

134 — Quatre assiettes en ancienne faïence de Delft, décorées en camaïeu bleu de sujets à l'allégorie des mois.

135 — Petit traîneau en ancienne faïence de Delft polychrome rehaussée d'or, présentant quatre patineurs.

136 — Petit beurrier octogone à couvercle, en ancienne faïence de Delft, décorée en couleurs et or de branches fleuries.

137 — Plateau rond sur piédouche bas, en ancienne faïence de Moustiers, portant au centre les armes des ducs d'Este et, au bord, une guirlande en camaïeu bleu.

138 — Plateau rond sur piédouche bas, en ancienne faïence de Moustiers, décoré au centre d'un buste accosté de deux chimères, d'après Bérain, avec bordure de guirlande en camaïeu bleu.

139 — Tasse cylindrique à anse avec soucoupe à bord festonné, en ancienne faïence de Moustiers, à décor polychrome de fleur de lis, trophée et motifs rocaille.

140 — Assiette à bords festonnés, en ancienne faïence de Moustiers, à décor polychrome, portant au centre un écusson timbré d'une couronne de marquis et, au marli, une bordure de dentelle.

141 — Deux vases en forme de tulipe, en ancienne faïence de Moustiers, décorés en couleurs de jeux d'amours dans des paysages, avec bouquets de pommes en relief simulant des anses.

142 — Plateau carré à bordure contournée, en ancienne faïence de Marseille, à décor polychrome de bouquets de fleurs et d'insectes; marque VP en noir (veuve Perrin).

143 — Couteau, fourchette et cuillère à manches de faïence italienne décorée en couleurs de branches fleuries.

144 — Coquetier en ancienne porcelaine de Bourg-la-Reine, à décor polychrome de guirlandes de fleurs.

145 — Six assiettes en terre de Lorraine, décorées au centre de bouquets et jetés de fleurs et, au marli, d'imbrications carmin.

146 — Fragment d'azulejo de Tolède.

147 — Tableau en faïence moderne : Marine, signé Bouquet. Cadre en bois noir.

148 — Présentoir à anse en ancienne faïence de Rouen, décorée en bleu et rouille de quadrillés et palmettes.

149 — Deux vases à deux anses en terre de Nola.

www.ingramcontent.com/pod-product-compliance
Ingram Content Group UK Ltd.
Pitfield, Milton Keynes, MK11 3LW, UK
UKHW020513180726
13839UKWH00005B/2060